JER Spanish Hiller
Hillert, Margaret,
La galletita /
$11.94   on1112610437

W9-CDM-615
HARRIS COUNTY PUBLIC LIBRARY

La galletita

Contado por Margaret Hillert
Ilustrado por Steven James Petruccio

NORWOOD HOUSE PRESS

Querido padre o tutor: Es posible que los libros de esta serie de cuentos folclóricos y de hadas para lectores principiantes les resulten familiares, ya que las versiones originales de los mismos podrían haber formado parte de sus primeras lecturas. Estos textos, cuidadosamente escritos, incluyen palabras de uso frecuente que le proveen al niño la oportunidad de familiarizarse con las más comúnmente usadas en el lenguaje escrito. Estas nuevas versiones en español han sido traducidos con cuidado, e incluyen encantadoras ilustraciones, sumamente atractivas, para una nueva generación de pequeños lectores.

Primero, léale el cuento al niño, después permita que él lea las palabras con las que esté familiarizado, y pronto podrá leer solito todo el cuento. En cada paso, elogie el esfuerzo del niño para que desarrolle confianza como lector independiente. Hable sobre las ilustraciones y anime al niño a relacionar el cuento con su propia vida.

Al final de cada cuento, hay una lista de palabras que ayudarán a su hijo a practicarlas y reconocerlas en un texto.

Sobre todo, la parte más importante de toda la experiencia de la lectura es ¡divertirse y disfrutarla!

Shannon Cannon

Shannon Cannon, Ph.D.,
Consultora de lectoescritura

Norwood House Press • www.norwoodhousepress.com
Beginning-to-Read ™ is a registered trademark of Norwood House Press.
Illustration and cover design copyright © 2019 by Norwood House Press. All Rights Reserved.

Authorized adaptation from the U.S. English language edition, entitled The Little Cookie by Margaret Hillert. Copyright © 2017 Margaret Hillert. Adaptation Copyright © 2019 Margaret Hillert. Translated and adapted with permission. All rights reserved. Pearson and La galletita are trademarks, in the US and/or other countries, of Pearson Education, Inc. or its affiliates. This publication is protected by copyright, and prior permission to re-use in any way in any format is required by both Norwood House Press and Pearson Education. This book is authorized in the United States for use in schools and public libraries.

Designer: Ron Jaffe • Editorial Production: Lisa Walsh

LIBRARY OF CONGRESS CATALOGING-IN-PUBLICATION DATA
Names: Hillert, Margaret, author. | Petruccio, Steven, illustrator. | Del Risco, Eida, translator.
Title: La galletita / por Margaret Hillert ; ilustrado por Steven James Petruccio ; traducido por Eida Del Risco.
Other titles: Little cookie. Spanish
Description: Chicago, Illinois : Norwood House Press, [2018] | Series: A beginning-to-read book | Summary: "An easy to read fairy tale about The Gingerbread Man who avoids being eaten. Spanish only text, includes Spanish word list"-- Provided by publisher.
Identifiers: LCCN 2018005107 (print) | LCCN 2018011794 (ebook) | ISBN 9781684042531 (eBook) | ISBN 9781599539546 (library edition : alk. paper)
Subjects: | CYAC: Folklore. | Spanish language materials.
Classification: LCC PZ74.1 (ebook) | LCC PZ74.1 .H543 2018 (print) | DDC 398.2 [E] –dc23
LC record available at https://lccn.loc.gov/2018005107

Hardcover ISBN: 978-1-59953-954-6   Paperback ISBN: 978-1-68404-238-8

312N—072018
Manufactured in the United States of America in North Mankato, Minnesota.

Mira como trabajo.
Puedo hacer algo.
Puedo hacer una galletita,
una galletita graciosa.

Mira, mira.
Mira la galletita graciosa.
Es pequeña.

Ay, mira.
Mira como se va.
Puede correr y saltar.
Se puede escapar.

No, no, galletita.
Vuelve. Vuelve.
Te quiero.

No, no.
Mira como me voy.
Puedo correr y jugar.
Me puedo escapar.
No me puedes atrapar.

Es divertido correr.
Es divertido jugar.
Puedo correr y correr.
Me puedo escapar.

Puedo subir.

Puedo bajar.
Lejos, lejos, lejos.

Galletita, galletita.
Ven aquí.
Ven aquí conmigo.
Te quiero.

No, no.
Mira como me voy.
Puedo correr y jugar.
Me puedo escapar.
No me puedes atrapar.

Mira arriba, galletita.
Mira aquí arriba.
Ven a mí.
Te quiero.

No, no.
Mira como me voy.
Puedo correr y jugar.
Me puedo escapar.
No me puedes atrapar.

Mira aquí abajo, galletita.
Mira aquí abajo.
Entra en mi casa.
Te quiero.

No, no.
Mira como me voy.
Puedo correr y jugar.
Me puedo escapar.
No me puedes atrapar.

Galletita, galletita.
Mira qué grande soy.
Te quiero.
Ven conmigo.

No, no.
Mira como me voy.
Puedo correr y jugar.
Me puedo escapar.
No me puedes atrapar.

Ven aquí, galletita.
Te quiero.
Corre, corre, corre.
Corre hasta donde estoy.

No, no.
Mira como me voy.
Puedo correr y jugar.
Me puedo escapar.
No me puedes atrapar.

Ay, ay.
No puedo ir ahí.
No puedo entrar ahí.

Ven conmigo, galletita.
Yo puedo ayudarte.
Yo puedo entrar.

Uno, dos y tres.
¡Ahí vamos!

¡Ay, no! ¡Ay, no!
Mírame ahora.
¿Qué pasa?
Esto no es bueno.
¡No, esto no es bueno!

LISTA DE PALABRAS

a	entrar	puede
abajo	es	puedes
ahí	escapar	puedo
ahora	esto	qué
algo	estoy	quiero
aquí	galletita	saltar
arriba	graciosa	se
atrapar	grande	soy
ay	hacer	subir
ayudarte	hasta	te
bajar	ir	trabajo
bueno	jugar	tres
casa	la	una
como	lejos	uno
conmigo	me	va
corre	mi	vamos
correr	mí	ven
divertido	mira	voy
donde	mírame	vuelve
dos	no	y
en	pasa	yo
entra	pequeña	

ACERCA DE LA AUTORA

Margaret Hillert ha ayudado a millones de niños de todo el mundo a aprender a leer independientemente. Fue maestra de primer grado por 34 años y durante esa época empezó a escribir libros con los que sus estudiantes pudieran ganar confianza en la lectura y pudieran, al mismo tiempo, disfrutarla. Ha escrito más de 100 libros para niños que

Fotografía por Glenna Washburn

comienzan a leer. De niña, disfrutaba escribiendo poesía y, de adulta, continuó su escritura poética tanto para niños como para adultos.

ACERCA DEL ILUSTRADOR

Steven James Petruccio ha ilustrado más de setenta álbumes para niños. Ha recibido el premio *Parent's Choice* y el premio *Rip VanWinkle* por su contribución a la literatura infantil. Steven y su familia viven en el hermoso valle del Hudson, donde encuentra inspiración para su obra.

Harris County Public Library, Houston, TX